PEQUEÑO DESVÍO AL FAMOSO PARQUE SHIZEN

東村公[...]

PARQUE HIGASHIMURA

FAMOSO POR SU KATSUDON. ¡RIQUÍSIMO!

RESTAURANTE IROHA

DONDE DEGUST[...] LOS SABORES DE L[...]

EL PROTAGONISTA DE EL MAR DE LA VERDAD VIAJA POR EL SUR HASTA LLEGAR A SU CIUDAD NATAL.

COM[...] LOS EMPLAZA[...] ESTÁN LEJOS[...] HEMOS TEN[...] DIVIDIRLO E[...] EXCURSI[...]

You are
in the
blue summer
————
N a g i s a
F u r u y a

You are in the blue summer

Índice

Nagisa Furuya

MILKY WAY EDICIONES

BAJO LOS RAYOS DE UNA PUESTA DE SOL, A PRINCIPIOS DE VERANO...

...EN EL PATIO DEL INSTITUTO DESPUÉS DE CLASE...

...SE PERCIBE UN AMBIENTE LIGERA-MENTE TENSO...

UN CHICO Y UNA CHICA A SOLAS...

ES LA PRIMERA VEZ QUE VEO UNA.

PERO SI ES...

¡ES UNA DECLARACIÓN DE AMOR!

PARECE...

Capítulo 1

のっ DON

NO PEGÁIS NI CON COLA.

¡QUÉ PLASTA...!

Y qué manía con comparar...

ADEMÁS, SOIS COMO EL DÍA Y LA NOCHE. NI SIQUIERA ESTÁIS EN LA MISMA CLASE.

ES QUE ME PARECE RARÍSIMO QUE SEÁIS TAN BUENOS AMIGOS.

..SEA PORQUE COMPARTIMOS EL MISMO PASATIEMPO.

TAL VEZ...

LA PRIMERA VEZ QUE HABLÉ CON SAEKI FUE...

...HACE JUSTO UN AÑO, A PRINCIPIOS DE VERANO.

PASO DE DECÍRTE-LO.

¿QUÉ PASA-TIEMPO?

YA TE VALE...

GRACIAS.

YO TE CONOZ-CO...

¡CLARO!

ESPERA...

NADA...

ASÍ QUE TE GUSTA EL CINE...

Todo el mundo lo llama así...

¡ES SAEKI, EL GUAPE-RAS!

¡¿EH?!

ES DE LA PELI BLACK FLASH, ¿VERDAD?

Y ESE LLAVERO QUE LLEVAS COLGADO...

¿EH?

¡QUÉ COINCI-DENCIA!

A MÍ TAMBIÉN.

PERO ES UNA PASADA.

LA VERDAD ES QUE EN JAPÓN NO ES MUY CONOCIDA.

¡¿HAS VISTO BLACK FLASH?!

¡FLIPAN-TE!

¡ERES EL PRIMERO QUE CO-NOZCO!

¡OS-TRAS!

LA VI CUANDO LA ECHABAN EN LA TELE.

CLARO.

* Series extranjeras

...

PUES...

ESTO...

NO CONOZCO A NADIE QUE VEA MÁS PELIS QUE YO.

OYE...

¿ENTONCES TAMBIÉN TE GUSTA EL CINE?

SÍ.

Y ASÍ FUE...

¡AH, SÍ!

¿EH?

JO... ESO HA SONA-DO...

...COMO SI ME ESTUVIERA TIRANDO LA CAÑA...

El guaperas del insti...

QUIERO DECIR, FUERA DE LA TIENDA.

SI TE VA BIEN, PODEMOS SEGUIR HABLANDO EN OTRO SITIO.

...COMO CONOCÍ A SAEKI.

...PORQUE TODO EL MUNDO PIENSA QUE SOY SU PERRITO FALDERO.

ES CURIOSO...

"ES QUE ME PARECE RARÍSIMO QUE SEÁIS TAN BUENOS AMIGOS. NO PEGÁIS NI CON COLA."

...

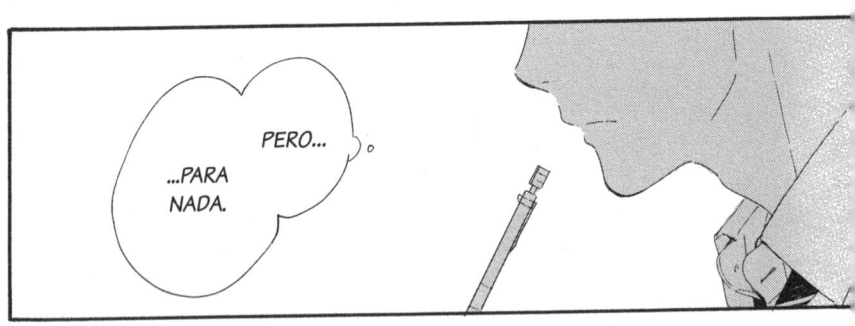

PERO...

...PARA NADA.

SINCERA-MENTE...

A VECES HASTA A MÍ ME PARECE RARO...

...QUE SIEMPRE ME ANDE BUSCANDO.

Y ESO QUE NO LE FALTAN AMIGOS.

ES SAEKI QUIEN SUELE BUSCARME PARA HACER PLANES JUNTOS.

¡PERO DEJA DE MIRARME CON ESA CARA!

NO, BUENO, NO SÉ...

¿AH, NO?

NO QUIERO REPETIR POR ESO.

Y DIGO YO, ¿TANTO TE GUSTA LA ACTRIZ RENA KUNIMI?

PARA SER SU PRIMER PAPEL COMO PROTAGONISTA LO HA HECHO DE ESCÁNDALO.

Y LAS ESCENAS CÓMICAS HAN SIDO LA PERA.

NO ME ESPERABA UNA DECLARACIÓN ASÍ...

CASI ME MEO DE LA RISA CON LA ESCENA DE LA DECLARACIÓN DE AMOR.

MORTAL.

AH...

HA SIDO UN PUNTAZO.

¿WATA-RU?

Y ADEMÁS EN EL MOMENTO JUSTO.

"PARECE QUE SAEKI ESTÁ RECHAZANDO A TODAS LAS CHICAS QUE VAN DETRÁS DE ÉL."

"...HEMOS HABLADO DEL TEMA..."

"NUNCA..."

"AHORA QUE CAIGO..."

VOY A SACÁR-SELO.

A VER...

...VI CÓMO SE TE DECLARABA UNA CHICA DESPUÉS DE CLASE.

EL OTRO DÍA...

SAEKI...

¡¿EH?!

VAYA...

¿ES VERDAD QUE TE GUSTA ALGUIEN?

...

¡PERO EN SERIO, NO TIENES QUE CONTÁRMELO! ¡NO PASA NADA!

SOLO ME PREGUNTABA SI TE MOLA ALGUIEN.

ES RARO QUE, SIENDO TAN POPULAR, NO TENGAS NOVIA.

SOLO QUE...

NO ES ESO...

NO TENGO PROBLEMA EN CONTÁRTELO.

ZAS

¿QUIERES SABERLO?

¿SOY YO?

PERO, EN REALIDAD, LA IDEA LLEVA TIEMPO RON-DÁNDOME LA CABEZA.

...PUEDE DAR LA SENSACIÓN DE QUE LO HE DICHO SOLO PORQUE ME HAS PRE-GUNTADO.

A VER...

NO ME HA SONADO A ESO, LA VERDAD...

ENTON-CES...

PERO...

BUENO...

SUPONGO QUE TE HA PILLADO POR SORPRESA.

¿ES POR ESO?

LE DA CALABAZAS A TODO EL MUNDO...

...PORQUE HAY ALGUIEN QUE LE GUSTA.

AHORA MISMO...

...NO SÉ QUÉ DECIR.

ASÍ QUE HA SURGIDO ASÍ...

...

VAYA...

GRACIAS, WATARU.

¿GRA-CIAS?

¿POR QUÉ?

ESO ES LO QUE MÁS ME GUSTA DE TI.

POR ESCUCHARME Y NO SOL-TARME UNA BORDERÍA.

CLARO.

LE DIJE
QUE SÍ...

...ANTES
DE SABER
QUÉ ME IBA
A PEDIR.

¿VISTE EL PROGRAMA DE AYER?

¡BUENOS DÍAS!

¡HOLA!

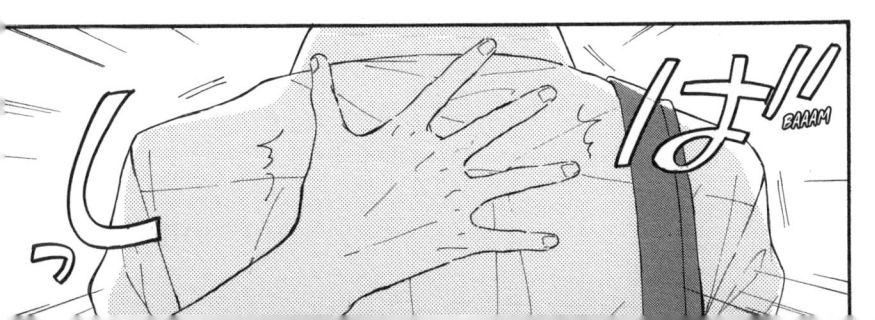

BAAAM

Capítulo 2

¡AH!

HOLA...

BUENAS.

¿QUÉ PASA?

?

...

¿EH?

LO DICES POR...

NADA...

ES SOLO QUE ME HABLAS COMO SIEMPRE.

SÍ.

POR ESO.

DICE QUE ASÍ ESTAMOS BIEN.

¡QUÉ GANAS DE QUE LLEGUEN YA LAS VACACIONES DE VERANO!

¡UF!

...QUE NO ESPERA QUE YO LE CORRESPONDA...

AUNQUE HABÍA UNA CONDICIÓN...

VALE, OS ECHO UN CABLE SI ME INVITÁIS A MERENDAR.

¡¡SEKIGUCHI TODOPODEROSO, ILUMÍNANOS CON TU SABIDURÍA PARA NO CATEAR!!

¡HECHO!

¡MUCHAS GRACIAS!

CHICOS...

SI QUERÉIS DESCANSAR EN VERANO, VAIS A TENER QUE EMPOLLAR PARA LOS FINALES.

SIGUE MOSCA CON SAEKI POR SACAR MEJORES NOTAS QUE ÉL EN LOS PARCIALES.

JOBAR, PARECE QUE TE FASTIDIA AYUDARME...

ÚLTIMAMENTE ESTÁ LIADO.

ト ッ" CHUN

¿POR QUÉ NO LE PIDES AYUDA MEJOR A SAEKI?

Y DIGO YO, WATARU...

ト ッ" CHUN

PARCIALES
Saeki 2°
Sekiguchi 3°

WATARU...

PEOR ME LO PONES... HALA, MENOS CHÁCHARA Y A ESTUDIAR.

DICE QUE CON ATENDER EN CLASE ES SUFICIENTE.

DE HECHO, NO SUELE ESTUDIAR PARA LOS EXÁMENES.

O sea, que no tiene tiempo ni de coger un libro...

EN SERIO...

¿TAN OCUPADO ESTÁ?

MÍRATE ESTO.

¡PILLÍN! ¡ASÍ QUE ESE ES TU TRUCO PARA APROBAR! ju, ju...

CADA PROFESOR TIENE SUS COSAS.

SI TE EMPOLLAS ESTO, APRUEBAS SEGURO...

A LA PROFESORA MORI LE ENCANTAN LAS PREGUNTAS TRAMPA.

ド" キ TU TUM

HOY HE VISTO A SAEKI.

¿SABES?

FIJO QUE CAE ALGO DE AQUÍ.

"HA SURGIDO ASÍ."

YO NO SOY GUAPO...

Y TAMPOCO SOY UNA CHICA...

SI YO NO HUBIERA APARECIDO EN SU VIDA...

NO SÉ POR QUÉ...

PERO...

...ESTARÍA SALIENDO CON ALGUIEN, FIJO.

...HA TENIDO QUE FIJARSE EN MÍ.

TÍO...

...PERO SI AÚN NO HEMOS EMPEZADO.

uf...

¡JO, QUÉ DIFÍCIL!

Te gusta quejarte...

SUPONGO QUE EL CORAZÓN TIENE RAZONES...

...QUE LA RAZÓN NO ENTIENDE.

¿UN "PEREGRINAJE"?

¿ESO ES LO QUE QUERÍAS PEDIRME?

SÍ...

CREO QUE ES BUEN MOMENTO PARA IR DE EXCURSIÓN.

PRONTO EMPEZARÁN LAS VACACIONES DE VERANO.

SÍ.

AH, YA ENTIENDO... QUIERES IR A LOS SITIOS QUE SALEN EN LA PELI, ¿NO?

...DE HACER ESA RUTA CONTIGO.

ME MUERO DE GANAS...

¿VAMOS?

¿ESTÁ MUY LEJOS EL SITIO?

FUMMM...

A UNAS DOS HORAS Y MEDIA, CONTANDO LOS TRANSBORDOS.

¡SAEKI!

BUENOS DÍAS.

¡JA!

¡UNA EXCURSIÓN EN TODA REGLA!

¿QUÉ TE PARECE?

EN SU CAMINO, SE VA ENCONTRANDO CON GENTE QUE LO AYUDA...

...Y, CADA VEZ, SE ACERCA MÁS A LA VERDAD.

ATORMENTADO Y ARREPENTIDO...

...VIVE SUMIDO EN SUS ERRORES DEL PASADO.

EL PROTAGONISTA EMPRENDE SU VIAJE EN BUSCA DE SUS PADRES QUE LO ABANDONARON.

...DONDE LE AGUARDA UN FINAL REVELADOR.

SU RECORRIDO TERMINA EN UNA CIUDAD COSTERA...

ES ENTONCES...

ERA UN HIJO DESEADO Y MUY QUERIDO.

LOS PADRES, A LOS QUE SIEMPRE HABÍA ODIADO, HABÍAN FALLECIDO. TAMBIÉN DESCUBRE...

...CUANDO LLORA POR PRIMERA VEZ EN SU VIDA.

...EL PROTAGONISTA SE DA CUENTA DE QUE, EN SU VIDA, TAMBIÉN HUBO LUGAR PARA LA FELICIDAD.

AUNQUE FUERON MOMENTOS FUGACES...

...QUE SUS PADRES LO ABANDONARON SIN MÁS REMEDIO, LAMENTÁNDOSE POR EL RESTO DE SUS VIDAS.

¡ES IGUAL QUE EN LA PELI!

CLARO... SE RODÓ AQUÍ.

Es lógico que sea igual...

¡OSTRAS!

¡YO CONOZCO ESTE SITIO!

しもだいのざわ
下台野沢
SHIMODAINOZAWA
しもだいきた ときがわ

* Shimodainozawa /Shimodaikita / Tokikawa

¡ANDA!

Y NO ES LA ÚNICA QUE HAN RODADO AQUÍ.

MIRA.

AQUÍ MENCIONAN LA PELI.

AUNQUE LA ESTACIÓN YA NO ESTÁ OPERATIVA, SALE EN MUCHOS ANUNCIOS DE TV.

PENSÉ QUE IGUAL HABÍA MÁS VISITANTES POR AQUÍ PERO NADA.
Fotógrafos o algo...

¡LA TENEMOS TODA PARA NOSOTROS!

¡Qué potra!

WATA-RU.

¿SÍ?

Ahora que no hay nadie...

¡QUIERO HACER MOGO-LLÓN DE FOTOS!
(Saeki)

¡UAU! ¡QUÉ FOTÓN!
(Wataru)

¡TÍO!

¡A mí no!

"¿DE DÓNDE VIENES?".

OYE, ¿QUIE-RES QUE REINTERPRE-TEMOS LA ESCENA?

¡Esta es buenísima!

¡JA, JA, JA, JA!

¡TE HA QUE-DADO IGUAL!

¡Lo imitas genial!

¡QUÉ CALOR...!

AUNQUE LA BRISA ES FRES-QUITA...

¡QUÉ GOZADA! ¡CUÁNTA PAZ...!

VAMOS A VER QUÉ HAY FUERA DE LA ES-TACIÓN.

CRRR

CRRR

CRRR

CRRR

CRRR

CRRR

¡HALA!

¡EL RÍO ES PRECIOSO!

¿EH?

¿Tú quieres?

¿TE ATREVES CON UN CHAPUZÓN?

EL AGUA ESTÁ SUPERCRISTALINA.

Parece un crío...

OYE...

¿NO HACÍAS ESTAS COSAS CUANDO ERAS UN CRÍO?

CREO QUE ES LA PRIMERA VEZ QUE ME METO EN UN RÍO.

SE AGRADECE...

¡ESTÁ HELADA!

PLASH

MM... PUES NO MUCHO.

¿EN SERIO?

MIS PADRES NO SOLÍAN LLEVARME A ESTOS SITIOS.

¿Y ESO?

MÁS O MENOS... AUNQUE MÁS BIEN NO TENÍA OPORTUNIDAD.

TIENES PINTA DE HABER SIDO EL TÍPICO EMPOLLÓN QUE NO SALE DE CASA.

YA...

AH...

SAEKI...

¿SÍ?

SOLÍA IR AL PARQUE HIGASHI-MURA.

ME PASABA ALLÍ LAS HORAS MUERTAS.

YO, DE CRÍO, ME PASABA EL DÍA EN LA CALLE.

WATARU.

COMO SI FUERA TAN FÁCIL...

NO TE PONGAS TAN RÍGIDO.

SI NO, ME VOY A PONER NERVIOSO YO TAMBIÉN.

ÑUG

TRANQUI.

YA PUEDO YO SOLO.

GRACIAS.

...

VALE.

...NO HABRÍA PENSADO NADA RARO EN UNA SITUACIÓN COMO ESTA.

HASTA HACE POCO...

ESTAMOS IGUAL DE MOJADOS QUE SI NOS HUBIÉRAMOS BAÑADO EN EL RÍO.

UN CHAPA-RRÓN...

TIENE PINTA DE SER UN CHAPARRÓN PASAJERO.

¡QUÉ VA!

PARECE QUE HABRÁ TORMEN-TA.

¡ME HE PUESTO PERDIDO!

NO ES LO MISMO.

ME ENCANTA.

POR FIN SE NOTA QUE ES VERANO.

PORQUE ES CUANDO TE CONOCÍ.

¿POR QUÉ?

PARA MÍ TAMBIÉN ES UNA ESTACIÓN ESPECIAL.

YA ESTA-MOS...

SHAAAAF

...

ENTIEN-
DO.

TENER
LAS COSAS
CLARAS...

YA
VEO...

BUENO...

...PERO
ENTIENDO
QUE NO SEA
AGRADABLE.

SÉ
QUE ERES
ABIERTO DE
MENTE...

SUPONGO
QUE ES UN
FASTIDIO QUE
UN TÍO SE TE
DECLARE.

...

Capítulo 3

¿SUPER-
HÉROES?

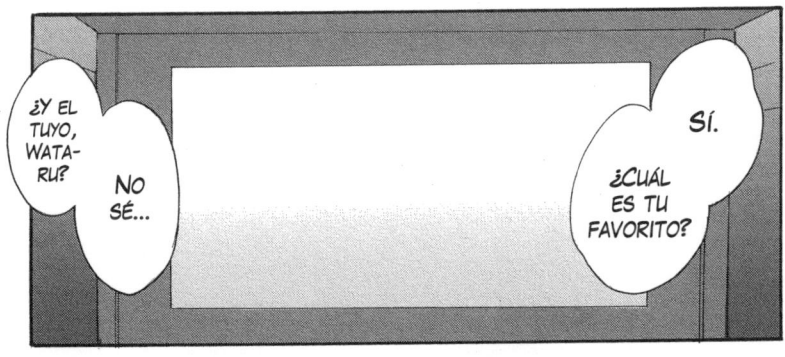

¿Y EL TUYO, WATA-RU?

NO SÉ...

SÍ.

¿CUÁL ES TU FAVORITO?

SÍ QUE TE LO ESTÁS PENSANDO.

¡Tanto te cuesta decidirte?

JET, ¿LO DUDABAS?

EN REALI-DAD...

PUES EL MÍO...

LO SABÍA.

...ES UN SECRETO.

· · ·

¿ES DE UNA PELI QUE NO HE VISTO O QUÉ?

TÍO, NO ES JUSTO. AHORA ME LO DICES.

· · ·

HA CAMBIADO DE TEMA.

JO...

MIRA... EMPIEZAN LOS AVANCES.

¡EJEM!

MIERDA.

¡Ju, ju!

VAMOS, NO ME DEJES CON LA INTRI- GA. ASÍ NO ME CON- CENTRO EN LA PELI.

OYE...

¿DE QUÉ TE RÍES AHORA?

Dime...

COSAS MÍAS...

NO ME HAGAS CASO.

NADA.

ES SOLO QUE...

...TE PONES MUY GUAPO CUANDO TE ENFADAS.

VALE.

PERDÓN.

¡AU!

¡VENGA, MIRA LA PANTA- LLA!

¡NO TE DISTRAI- GAS!

POM

SE LE VE TAN CONTENTO...

ME SIGUE COSTANDO CONCENTRARME EN LA PELI.

NO HA ESTADO MAL DEL TODO.

BUENO...

¡ENTONCES ES ESO!

NO SOY MUY FAN DE SUS TRABAJOS.

EXACTO.

ES EL DIRECTOR DE SCARLET.

NUESTRAS EXPECTATIVAS ERAN MUY ALTAS.

AUNQUE LA PRODUCCIÓN ES BRUTAL.

NO ES QUE NO ME HAYA GUSTADO, PERO...

La historia es muy buena...

AUN ASÍ, SI SALE OTRA DE LA SAGA, IRÉ AL CINE A VERLA.

SUELE PASAR...

¡JA, JA!

ES VERDAD. EL DIRECTOR NO ES EL MISMO QUE EL DE LA PRECUELA, ¿NO?

EL RESTAURANTE IROHA QUE SALE A MITAD DE LA PELÍCULA Y LA PLAYA.

PODEMOS IR PRIMERO A IROHA QUE ESTÁ MÁS CERCA.

Tengo antojo de katsudon*...

¡OH! ¡KATSUDON!

¡YO TAMBIÉN QUIERO!

¿QUÉ SITIOS DE EL MAR DE LA VERDAD NOS QUEDAN POR VISITAR?

HM...

VOY A VER.

TENGO MOGOLLÓN DE PELIS EN MI LISTA PARA EL VERANO.

POR CIERTO...

* N.D.T.: plato típico japonés, consistente en un cuenco de arroz con un filete de cerdo rebozado, cubierto de huevo batido y otros condimentos.

PUES EL 10, NO SE HABLE MÁS.

TRABAJAS DONDE TU TÍO, ¿NO?

¿CUÁNDO QUIERES QUE VAYAMOS?

SÍ, SIEMPRE LE ECHO UNA MANO EN VACACIONES.

HASTA EL DIEZ NO TENGO LIBRE EN EL CURRO.

¿QUÉ TE PASA? NO TE VEO MUY CONTENTO.

...

¿QUÉ...?

PERO NO VERTE EN TANTOS DÍAS... NO SÉ...

DIME. ¿TE VIENE MAL ESE DÍA?

EL 10...

¡QUÉ VA! ESTÁ BIEN.

YO TAMBIÉN TENGO LÍO.

PERO SE ME HARÁ LARGO.

MADRE MÍA...

¡ADEMÁS NOS VEREMOS EN EL INSTI! ¡TENEMOS CLASE HASTA EL SEIS!

¡NO FLIPES! ¡ES DENTRO DE NADA!

¡OYE!

¡Ja, ja!

YA...

TIENES RAZÓN.

¡LO QUE PASA ES QUE TENGO HAMBRE!

¡VAMOS A COMER YA!

¡MENTI- RA!

¡ADEMÁS, NO ME DA PALO!

WATA- RU...

TE PONES MUY CASCARRABIAS CUANDO TE DA ALGO TE DA PALO.

Claro...

ASÍ PASABAN NUESTROS DÍAS...

¿QUÉ TE APETECE?

PERO, DE ALGÚN MODO...

SÍ QUE ERA TODO UN POCO...

NO SÉ...

A VER CÓMO LO DIGO...

VIENDO PELIS, COMIENDO FUERA Y CHARLANDO COMO SIEMPRE.

NUESTRA RELACIÓN NO CAMBIÓ EN NADA...

¿EH?

¡VAYA! ¡NO ME DIGAS!

¿QUÉ HAS ESTADO HACIENDO, GUARRI- LLO...?

MIRA QUE ERES MALPEN- SADO.

REVENTADO. HE ESTADO A TOPE.

¿RARO?

¡EH, WATARU!

¿TODO BIEN?

Mente sucia...

YO HE ESTADO LIADO CON EL CLUB TODO EL TIEMPO.

¡PERO NO VEAS QUÉ CALOR!

¡TODO GUAY!

GUCCHI, HIRAOKA, ¿QUÉ TAL VOSO- TROS?

¿Alguna novedad desde la semana pasada?

OYE...

¿QUÉ PASA, GUCCHI?

¿EH?

¿ESE DE AHÍ NO ES...?

ES SAEKI, ¿NO?

¡¿SE PUEDE SABER QUÉ SOY YO ENTONCES?!

¡OYE!

···

Rodeado de chicas...

ESE SÍ QUE SE LO MONTA BIEN...

¡CHAO!

¡NOS VEMOS!

¡HASTA LUEGO!

Tu postre me la suda...

¿CÓMO? NO ENTIENDO...

No hablo del postre.

LO DIGO POR SAEKI Y SUS AMIGOS.

NO LES QUITAS OJO DE ENCIMA.

CÓMETE EL POSTRE RÁPIDO. YO TAMBIÉN TENGO GANAS DE IRME.

¿TANTO TE PICA LA CURIOSIDAD?

OYE...

Nos vemos.

¿TE PREOCUPA ALGO?

¡QUÉ VA! ¡NO HE MIRADO!

¿TAN DESCARADO HE SIDO?

JO...

NO, NADA.

SE COMPORTA TAN...

...COMO SI NADA.

AGH...

EN REALIDAD, NO ME MOLESTA...

...QUE SE COMPORTE CON NORMALIDAD.

¡LISTO!

UF...

PESA UN QUINTAL...

¿POR QUÉ LE ESTOY DANDO VUELTAS AL TEMA?

...

¡UF!

¡QUÉ CALOR!

* Restaurante Iroha / Abierto

¡QUÉ PINTAZA!

¡UAAAH!

¡RIQUÍSIMO...!

* N.D.T.: plato japonés que consiste en una bola de arroz cocido rellena o mezclada con otros ingredientes.

YO SOY UN NEGADO PARA LA COCINA.

HASTA LOS ONIGIRIS* ME SALEN MAL.

EN LAS PELIS, LA COMIDA SIEMPRE TIENE BUENA PINTA.

¡A MÍ ME PASA IGUAL!

YA TE DIGO. PENSÉ QUE ESTARÍA BUENO, PERO SUPERA MIS EXPECTATIVAS...

MERECE LA PENA VENIR SOLO POR LA COMIDA.

¡QUÉ PASADA!

TIENES ARROZ AQUÍ.

¡Ja, ja!

ESTÁ TAN RICO... CREO QUE ES EL KATSUDON MÁS EXQUISITO QUE HE PROBADO EN MI VIDA.

HEMOS TENIDO SUERTE DE PILLAR SITIO.

HUBIERA MOLADO SENTARNOS EN LA MESA DONDE RODARON.

YA...

PERO ESTÁ LLENO ASÍ QUE NADA.

¿VERDAD?

¡HABRÁ ALGO INTE-RESANTE POR LA ZONA?

AH...

VOY A VER...

¿EH?

¡ESTAMOS CERCA DEL PARQUE HIGASHI-MURA!

ESTOY LLENO...

¡QUÉ BUENO ESTA-BA!

¿QUÉ HACEMOS AHORA?

¡QUÉ RECUER-DOS...!

OYE, ¿Y SI...?

ES VERDAD. ESTÁ A SOLO DOS PARADAS.

* Parque Higashimura

¿..NOS PASAMOS?

¡VAYA!

¡ESTÁ IGUALITO!

¡Me la imagino!

¡JA, JA, JA, JA!

SPLASH

AÚN RECUERDO LOS GRITOS DE MI MADRE...

¡Mi niño!

TÍO, NO TIENE GRACIA.

¿EN SERIO? ¡Ja, ja!

NO ME DIGAS...

CUANDO ERA NIÑO ME CAÍ EN ESTE ESTANQUE.

BUENO, NO PASA NADA.

Es que es muy tú...

ERA UN CRÍO. ME DIO POR ANDAR POR ENCIMA DE LA VALLA.

¿Y TÚ, SAEKI?

¿HABÍAS VENIDO ANTES?

CON UNA EXNOVIA.

AH...

CREO QUE SÍ...

...

MIRA QUÉ BIEN...

CREO QUE ES LA PRIMERA VEZ...

...QUE MENCIONA LA PALABRA...

..."EXNOVIA".

Y DIME...

NO SÉ QUÉ DECIR...

¿QUÉ TAL CON ESA CHICA?

HE VISTO QUE TAMBIÉN HABLÁIS MUCHO EN LOS CAMBIOS DE CLASE.

LA DEL OTRO DÍA EN EL RESTAURANTE.

¿QUÉ CHICA?

¡EN REALIDAD, GUCCHI Y HIRAOKA TAMBIÉN VINIERON, PERO SE FUERON ANTES!

¿AH, SÍ?

¡AH! ¡¿ASADA?!

¡¿QUÉ DICES?! ¡TE ESTÁS CONFUNDIENDO!

¡¡SÍ!!

NO PASARÍA NADA.

EN ABSO- LUTO.

¿PERO POR QUÉ...?

PUEDES ESTAR TRAN- QUILO.

YA TE LO DIJE AL PRINCIPIO.

NO SÉ, ME DES- PISTA...

SI NO LE MOLES- TA...

PODER
CONTARTE
MIS SENTI-
MIENTOS...

...QUE
SIGAS
COMPORTÁN-
DOTE COMO
SIEMPRE...

...Y LA
OPORTUNIDAD
DE HACER
LA RUTA DE
LA PELÍCULA
CONTIGO...

...ES
MÁS QUE
SUFICIEN-
TE.

WATARU,
ERES LIBRE
DE HACER LO
QUE QUIERAS.

¿PERO
Y YO
QUÉ?

PUEDE
QUE TÚ
TE SIENTAS
BIEN ASÍ...

¿PERO
POR QUÉ?

...NO
PODREMOS
VOLVER
ATRÁS.

POR MÁS
QUE INTENTEMOS
SEGUIR COMO
SI NADA...

Capítulo 4

...

AAAH...

SUUUU

CREO
QUE SÉ...

...POR QUÉ
ME SIENTO
TAN RARO.

¿QUÉ
ME ESTÁ
PASAN-
DO?

ÑEEEC

¡QUÉ
MOVIDA!

¿POR QUÉ
ESTOY TAN
TENSO?

...ME VOY A PONER MÁS NERVIOSO.

SI SIGUES MIRÁNDO-ME ASÍ...

ÑEEE

...

PUES EL 28.

CURRO TODO EL VERANO Y TENGO TAREAS DEL INSTI. Me va a pillar el toro...

IGUAL ES UN POCO AJUSTADO, PERO EL 28 PUEDO.

PERFEC-TO.

AÚN NOS FALTA EL ÚLTIMO PUNTO EN LA COSTA. ¿CUÁNDO ESTÁS LIBRE?

¡AH!

POR CIERTO...

SÍ...

DE HECHO, ES EL SITIO AL QUE MÁS ME APETECE IR DESDE EL PRINCIPIO.

A MÍ ME IMPRESIO-NARON.

LAS ROCAS DE ESA PLAYA SON LA CAÑA.

¿EH?

¡AH, YA!

YA TENGO GANAS DE QUE LLEGUE EL DÍA.

CUANDO TERMINEMOS LA RUTA...

¿QUÉ VA A PASAR CON NOSOTROS?

AHORA QUE LO PIENSO...

CUANDO ESTO TERMINE...

...TODO VOLVERÁ A LA NORMALIDAD.

SEGURAMENTE SEA EL CAMINO FÁCIL...

...PARA QUE SAEKI PONGA EN ORDEN SUS SENTIMIENTOS.

...LLEGARÁ EL DÍA...

Y TARDE O TEMPRANO...

...EN QUE YA NO ME QUIERA.

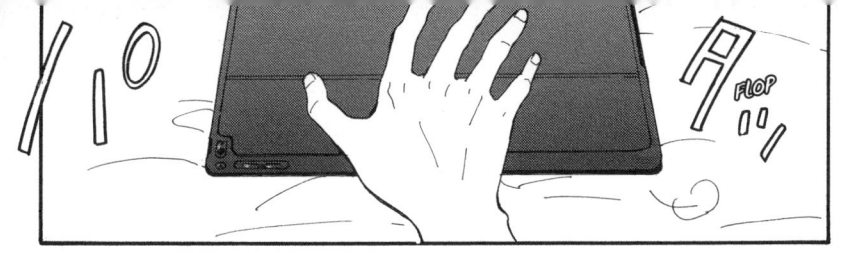

FLOP

• • •

Ay...

AAH...

CREO QUE ES SUFICIENTE POR HOY.

FLIP

Más que una peli de acción, parece un culebrón...

AÚN NO HA TERMINA-DO...

¿QUÉ HAGO CERRÁN-DOLO?

TENGO QUE DEVOLVERLE...

...LA TABLET A PAPÁ.

CRRR

CRRR

CRRR

CRRR

CRRR

CRRR

¡Ve a comprarme un helado!

¡Porfi!

CRRR

CRRR

CRRR

CRRR

¡ARGH...!

¡QUÉ HERMANA TAN PLASTA TENGO!

QUÉ CALOR...

¿POR QUÉ NO VAS TÚ, PESADA?

CRRR

"ES EL SITIO AL QUE MÁS ME APETECE IR DESDE EL PRINCIPIO."

Y PARECE QUE EL 28 TAMBIÉN HARÁ CALOR.

ME ASO...

"YA TENGO GANAS DE QUE LLEGUE EL DÍA."

EL VERANO SE ESTÁ PASANDO VOLANDO...

...

YO TAMBIÉN...

AUN ASÍ,
GRACIAS.

H"
SHAAAAF

2 - C

¿QUÉ TAL LAS VACACIONES?

¡HOLA, CHICOS!

CAPULLO, UNA SEMANA ES MUCHO TIEMPO.

YA ESTÁS DESVARIANDO.

BUENAS... PERO SI NOS VIMOS LA SEMANA PASADA, LOCO.

¡Sentaos! ¡Empezamos la clase!

¡Buenos días!

ばし
ばし
PLAS
PLAS

PERO...

¿...DE QUÉ
VA TODO
ESTO?

職員室

NO
INSISTAS.

* Sala de profesores

ASÍ QUE
CUANDO TE
DECLARAS-
TE...

UF...

PUES
VAYA...

Y CUANDO
ORGANIZASTE
NUESTRAS
EXCURSIO-
NES...

DESDE
EL PRINCIPIO...

...HASTA
EL DÍA DE
HOY...

QUÉ
PLAN...

WATA-RU...

WATA...

¡OH, YA HAS VUELTO!

RAS

ta" CLAC
9

A PARTIR DE AHORA, QUEDA TOTALMENTE PROHIBIDO HABLAR DE SAEKI DELANTE DE WATARU, ¿ENTENDIDO?

Hmm...

...

CHICOS...

ESTÁ HECHO POLVO.

NO HAY MÁS QUE VERLO.

"DE VERDAD ME GUSTAS."

"YA TENGO GANAS DE QUE LLEGUE EL DÍA."

"ES MÁS QUE SUFICIENTE."

"NO TIENES POR QUÉ CORRESPON-DERME."

"WATARU..."

"...GRACIAS."

ESTÁ HECHO POLVO.

SIGUE IGUAL...

Y EL VERANO YA CASI SE ACABA.

Capítulo final

You are
in the
blue summer
_____

N a g i s a
F u r u y a

WATARU...

¡POR FIN LLEGÓ EL FINDE!

¿QUÉ HACES EL DOMINGO? ¿VAMOS A ESO?

¡QUÉ BUENA IDEA...!

LA VERDAD ES QUE ME APETECE, PERO...

¡VAMOS A JUGAR AL BÉISBOL!

NOS VENDRÁ BIEN ALGO DE EJERCICIO.

PENSABA QUE SOLO CURRABAS EN VACACIONES.

VAYA...

ASÍ QUE TRABAJAS.

TRANQUI, LA SEMANA QUE VIENE.

¿LO DEJAMOS PARA LA SEMANA QUE VIENE?

...CURRO DONDE MI TÍO.

WATARU...

¿TIENES UN MO- MENTO?

¿SEGU- RO?

NO SABES EL FAVOR QUE ME HACES.

CLARO, SIN PRO- BLEMAS.

PERDONA QUE TE AVISE EN EL ÚLTIMO MOMENTO, PERO, ¿PODRÍAS TRABAJAR MAÑANA Y EL SÁBADO?

A UNO DE NUESTROS EMPLEADOS LE HA SURGIDO UN IMPRE- VISTO.

SÍ, DIME.

NO HE HECHO PLANES.

TRANQUI- LO...

¿NO TE FASTIDIO NINGÚN PLAN?

NO SÉ, UNA DE ESAS EXCURSIONES A SITIOS DE PELÍCULAS CON ESE AMIGO TUYO...

¡VAYA!

¡YA ESTOY EN CASA!

¡QUÉ TARDE!

MUY BIEN.

UN MOMENTO, ¿HAS TRABAJADO HOY TAMBIÉN?

HE PICADO ALGO EN EL CURRO.

Papá y mamá han salido...

¿VAS A CENAR?

VALE...

NO TE ENFADES.

ES SOLO QUE ME APETECE CURRAR.

NO SEAS PLASTA.

¿QUÉ MOSCA TE HA PICADO QUE ECHAS TANTAS HORAS ÚLTIMAMENTE? ¡QUIÉN TE HA VISTO Y QUIÉN TE VE...!

Antes solo trabajabas en vacaciones...

...DE MODO QUE, CUANDO SOLO TENÍA SIETE AÑOS...

MI MADRE SIEMPRE QUISO TENER UNA HIJA...

MI MADRE PARECÍA TAN FELIZ...

WATARU...

¿TE GUSTARÍA PONERTE ESTA ROPA?

...QUE NO QUISE DECEPCIONARLA.

...MI MADRE SIGUIÓ VISTIÉNDOME COMO UNA CHICA.

DESDE ENTONCES, DE VEZ EN CUANDO...

POCO DES-
PUÉS...

...EMPEZÓ
A SACARME
A LA CALLE
ASÍ VESTI-
DO.

"PARECES UN
ANGELITO..."

"...CHIHARU..."

"CHIHARU...?"

"¡PERO QUÉ
MONADA...!"

¡QUÉ
CARITA DE
ÁNGEL!

¡ES
UNA NIÑA
LINDÍSI-
MA!

NO...

NO
SOY UNA
NIÑA...

YO...

PERO,
DESPUÉS
DE VERLA
SONREÍR
TAN FELIZ,
NO PODÍA
NEGARME
A AQUELLO.

...Y
MI MADRE
TAMPOCO ME
OBLIGABA
A NADA.

POR LO
GENERAL,
LLEVABA
ROPA DE
NIÑO...

...FUI LLEGANDO A LA CONCLUSIÓN DE QUE YA NO ME NECESITABA...

POCO A POCO...

...AL MENOS, NO COMO HIJO.

...FUIMOS EN FAMILIA AL PARQUE HIGASHIMURA.

HASTA QUE UN DÍA DE SOL, EN EL VERANO DE MIS DIEZ AÑOS...

¡UH!

ESTABA AGOBIADO, ASÍ QUE ME FUI A DAR UNA VUELTA.

¡AH!

¡AU...!

ズ
FRAP

ッ

DUELE...

CUANDO QUISE DARME CUENTA, ME HABÍA PERDIDO.

¿ESTÁS BIEN?

¿POR QUÉ...?

ME QUIERO IR A CASA... ESTO NO ME GUSTA...

¿HASTA CUÁN-DO...?

¿HASTA CUÁNDO VA A DURAR ESTO?

¿NO HAY NADIE CONTIGO?

¿Y TUS PADRES?

NO... ESTOY BIEN...

¿TE HAS HECHO DAÑO?

ME HE PERDIDO.

CREO QUE ESTÁN JUNTO A UNA FUENTE...

TODO LO QUE TENÍA GUARDADO DENTRO DE MÍ...

MUCHAS...

...GRACIAS...

...DE REPENTE, SALIÓ A FLOTE.

...MIENTRAS YO ME ROMPÍA EN LÁGRIMAS.

AQUEL CHICO ME COGIÓ DE LA MANO Y ME GUIO EN SILENCIO...

...LA DE UN HÉROE DE PELÍCULA.

SU SILUETA PARECÍA...

¿¿DÓNDE TE HABÍAS METIDO?!

¿Estabas buscando palos...?

¡PERO BUENO!

¡WATARU!

GRA-CIAS A ESE NIÑO...

...FUI CAPAZ DE DECIRLE A MI MADRE LO QUE PENSABA...

WATARU...

LO QUE ME CONTASTE CUANDO NOS RESGUARDÁBAMOS DE LA LLUVIA EN AQUELLA ESTACIÓN...

...Y EL HECHO DE QUE RECORDARAS LO QUE PASÓ AQUEL DÍA...

...ME LLENARON DE FELICIDAD.

EL MOTIVO POR EL QUE ELEGÍ HACER EL ITINERARIO DE EL MAR DE LA VERDAD...

...ES PORQUE AQUELLA PELÍCULA ESTABA MUY EN SINTONÍA CON MIS SENTIMIENTOS.

WATARU, PARA MÍ, SIEMPRE FUISTE Y SERÁS...

...COMO UN RAYO DE SOL EN UN VERANO RADIANTE.

SIENTO HABERTE CAUSADO TANTOS PROBLEMAS.

NUNCA PODRÉ AGRADECERTE LO SUFICIENTE...

...QUE RESPETARAS MIS SENTIMIENTOS.

SE VA A ESCAQUEAR EL DÍA ENTERO DE CLASES...

¡Qué morro!

¿EH...?

¿A PRIMERA HORA...?

ゴ゛ゴ゛ TROCO

ゴ゛ゴ゛ TROCO

LA FECHA DE CORREOS ES DEL SÁBADO.

ゴ゛ゴ゛ TROCO

ゴ゛ゴ゛ TROCO

...DE DONDE VIVÍA.

Y LA OFICINA ESTÁ CERCA...

Y AQUÍ ESTOY...

NO SE ME OCURRE OTRO SITIO...

FRAP.

EL FRESCOR DE LA BRISA MARINA...

NUNCA.

...QUE ANUNCIA EL FINAL DEL VERANO...

¡UAH!

TODAVÍA NO ME PUEDO CREER QUE AQUEL NIÑO DEL PARQUE SEAS TÚ.

DIGAMOS QUE HE SALIDO ANTES.

¡¿EH?!

O sea, que sí...

DA IGUAL...

POR CIERTO...

¿TE HAS SALTADO LAS CLASES?

PEGUÉ UN ESTIRÓN EN SECUNDARIA.

Pero sí teníamos la misma estatura...

PUES SÍ QUE HAS CRECIDO...

178cm

Hm...

166cm

¿Y DÓNDE ESTÁ TU NUEVO INSTITUTO?

¿Y TÚ? ¿HAS PASADO DE IR AL INSTI?

EN OSAKA...

HAN CORTADO LAS CLASES POR LA INAUGURACIÓN DEL SEMESTRE.

¡AHÍ VA! TE HAS IDO AL QUINTO PINO...

¡¿VINISTE HASTA AQUÍ SOLO PARA ENVIARME LA CARTA?!

ENTON- CES...

¡¿EH?!

NO PENSÉ QUE FUERA A ENCONTRAR- TE ENTRE SEMANA.

EN PARTE SÍ.

PERO...

...YA NO SERÁ NECESARIO CERRAR EL CAPÍTULO.

Y SIN EMBARGO, MIRA.

AUNQUE TENÍA LA SENSA- CIÓN...

...DE QUE NECESITABA VENIR PARA PASAR PÁGINA.

DESPUÉS DE GRADUARME EN EL INSTITUTO...

AUNQUE, SI TE PARECE BIEN...

...ME GUSTARÍA VOLVER AQUÍ PARA QUE ESTEMOS MÁS CERCA.

...PENSABA IRME A ESTUDIAR A UNA UNIVERSIDAD EN OSAKA.

BIEN.

ESPERARÉ ANSIOSO TU REGRESO.

– Fin –

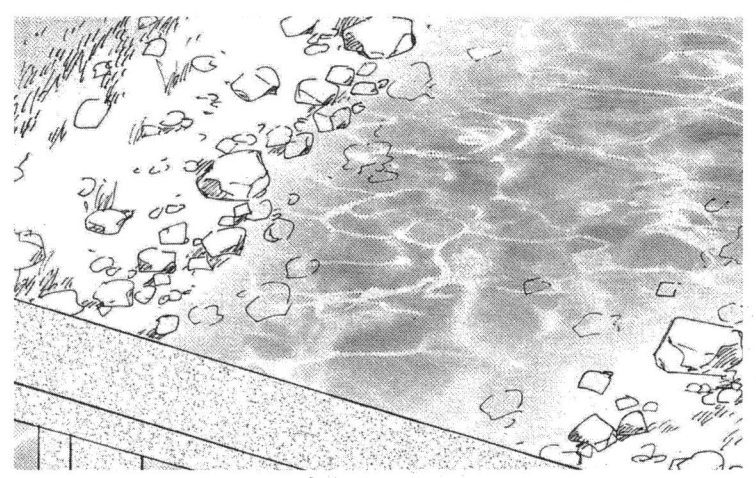

You are
in the
blue summer
——————————

N a g i s a
F u r u y a

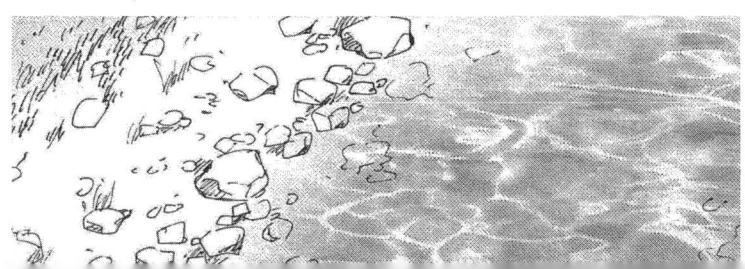

YOU ARE IN THE BLUE SUMMER

KIMI WA NATSU NO NAKA by Nagisa Furuya

PUBLICACIÓN DE MILKY WAY EDICIONES
EDIFICIO RIBADEDEVA 1 P02 D
33590 COLOMBRES
PRINCIPADO DE ASTURIAS
E-MAIL: INFO@MILKYWAYEDICIONES.COM

Traducción: Salomón Doncel-Moriano Urbano

Director Editorial: Enrique Fuentevilla Noriega
Editor: Carlos E. Subero Ágreda

Depósito Legal: AS 03214-2018
ISBN: 978-84-17373-65-8
PRINTED IN E.U.

WWW.MILKYWAYEDICIONES.COM